Edna Rivera

O Devorador

Editora InVerso

® 2022. Editora Inverso

R. Doutor Goulin, 1523 Alto da Glória
CEP 80040-280 Curitiba-PR
(41) 3254-1616 e (41) 3558-8001
editorainverso@editorainverso.com.br
www.editorainverso.com.br
Facebook.com/editorainverso
Instagram @editorainverso

COORDENAÇÃO EDITORIAL / EDITORA
Cristina Jones

REVISÃO
Carlos W. Jorge

ARTE DE CAPA
Wagner Roza

PROJETO GRÁFICO E DIREÇÃO DE ARTE
Adriane Baldini

DADOS INTERNACIONAIS DE CATALOGAÇÃO NA PUBLICAÇÃO (CIP)
Mona Youssef Hammoud – CRB/ 9ª 1393

R622o

RIVERA, Edna Alencar. **O Devorador**.
Curitiba.: Ed. InVerso, 2022
40 p. 15 x 18 cm PTBR

ISBN: 978-85-5540-262-3

1. Contos e crônicas. 2. Covid-19. 3. Pandemia. 4. Resiliência.
5. Doença. 6. Morte. I. Título

CDD: 869.5

Contos e crônicas: B869.34
Resiliência: 155.24

ASSOCIADO CBL Câmara Brasileira do Livro

brazilian publishers

Para as Meninas do Brasil e
suas ásperas existências.

Era domingo. Dia das Mães. Nunca soube o que era ter mãe. O avô criou.

Nasceu franzino, o coitado. Magrelo, sem recheio ou atrativos. Os homens de branco o olhavam. É apenas um RNA.

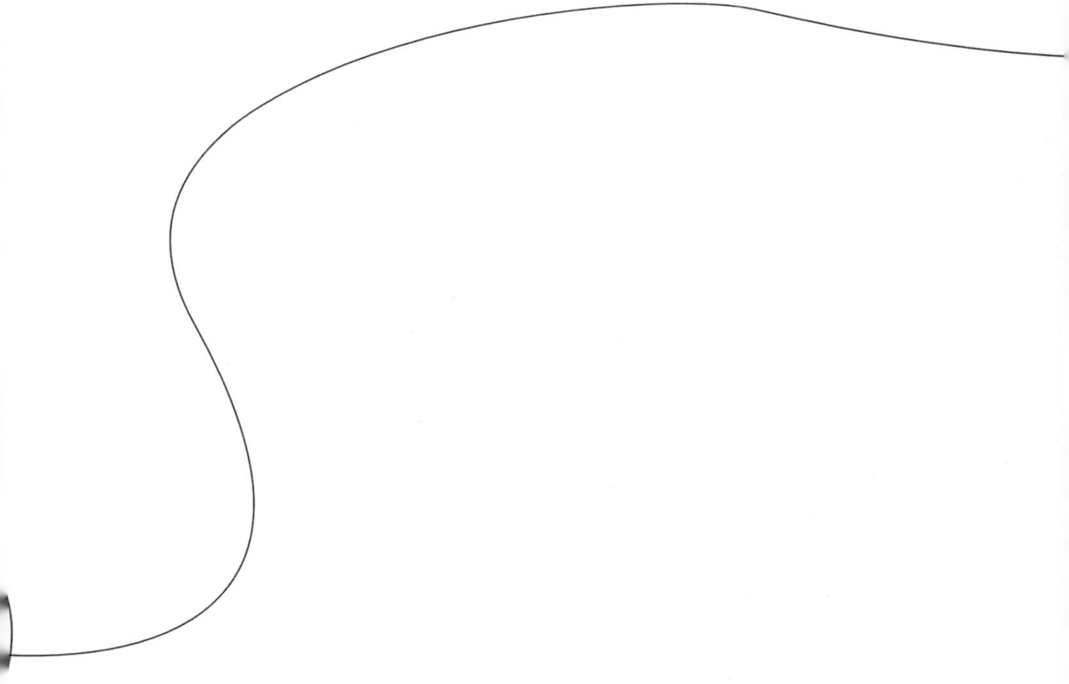

Que desimportância.

O ambiente frio e asséptico não
o impedia de nutrir uma festiva
esperança.

Ao redor, outras bolinhas-irmãs,
plácidas na mudez científica.

Observou o movimento.

Todo dia igual, passavam horas ali.

Um silêncio branco no núcleo.
Sentia-se exilado.

Para sair do anonimato, batizou-se
Bolinha. Queria crescer, vencer.
Ser alguém na vida.

Seu Manoel viera para terminar o serviço de pintura. Bolinha pulou, avançou narinas, escorregou goela abaixo, se alojou nas vísceras. Replicou. Escolhia o caminho a seguir.

Voltou ao laboratório com o pesquisador. Pensava na cabeça do homem.

Há anos estudava vírus e bactérias, não sabia se fizera uma boa escolha. Devia ter ouvido sua mãe. Vida de merda. Não tenho dinheiro nem para Embu das Artes. Mais um microscópio quebrado.

Os dias escoando nas pequenas
grandes tragédias humanas.
Mundo estranho, a roda gira.

Bolinha ria sozinho.
A gente choraria sozinho.

Precisava de desafios, navegar
no lombo humano.

A namorada, foi sua primeira.
Em três dias matou a desavisada.
Ela era tão meiga.
Fazia uma macarronada incrível.

De corpo em corpo, Bolinha tomando gosto.

Encomendou a alma de Judite, Isadora, Cláudia e Pacheco. De Inês, teve um pouco de piedade — a manteve nos tubos vinte e nove dias.

Armando fugiu ao seu controle. Com a doença, perdeu o emprego, a mulher, o paladar, a libido; deu cabo de si.

Bolinha: nova versão da peste. Destinou à humanidade a clausura. Enjaulados, alguns envelheceram, espatifaram. Os entusiastas procriaram.

Uns rasparam a cabeça. Divorciaram. Teve gente que parou de tomar banho, fazer sexo.

Os passeios diurnos de céu azul,
nebulosos.

Parques só com árvores.
O cotidiano não familiar.

Ele corria nas escolas. Bares. Igrejas
e puteiros. Bocas de fumo. Casa de
rico. Beco.

Notícia em toda parte.

Cidades esvaziaram.
Casamentos, planos, traições,
assassinatos adiados.

Fique em casa, palavra de ordem. Desordem.
Discórdia, vergonha. O rei estava nu.
O povo, sem pai nem mãe.

Os sepultamentos tornaram-se a urgência do mundo.

Funerárias lucraram. Fabricar caixão virara um negócio promissor. Bem que eu deveria ter investido em cotas de cemitérios. Compraria mais cotas e seria tanta cota que renderia desavenças saborosas.

O tempo derramado.

Covid-19? 22?... 26.

No singelo pote de Doriana, a Peste tomava as mesas, fanática por comemorações de toda ordem. As preferidas, festas de aniversário. Nelas, encomendava a alma do aniversariante.

Jamais dispensava um almoço, uma janta, estava pior que político em busca de voto. Para dar conta de tantos eventos, nem dormia.

— Tá feliz agora, celebridade?
— Ah, não muito.
— O que não está bom? Reclamando, já?
— Sinto que tudo perdeu o sentido.
— Vixe, a coisa tá ficando feia.
— Preciso de um tempo. Uns dias na encolha.
— São uns fracos, vidas medíocres. Nascem, comem, reclamam, casam, resmungam, descasam. Recasam. Até que um belo dia, acordam mortos. Vai lamentar como eles?
— Pode até ser assim, mas enfrentam a mesmice cultivando esperança.

A criatura na corda bamba.

Matava.

Sofria.

Voltava ao ofício.

Espiava o centésimo quinquagésimo terceiro sepultamento. Domingo no cemitério da Vila Formosa, zona leste de São Paulo. Dia das Mães. Não sabia o que era ter mãe.

Pelo rabo do olho, viu seu Manoel, embalado. Deixava 4 filhos, esposa, 1 neta e o Duque. Para a viúva, 1 Fiat 147, 1 chapéu estilo Panamá e 2 latas de Suvinil. A caneca lascada do café ficou para Vitória.

Enfileirados sete caixões. Madeira pintada às pressas. Uma cruz de flores esquálidas jazia na parede para todos. A morte estava crua.

Afastou-se.

Na sala dos coveiros, a tv mostrava a partida de futebol, Corinthians e Palmeiras. O narrador falava do minuto de silêncio.

Viu os números de sua atuação, 685.428. Seiscentas e oitenta e cinco mil, quatrocentas e vinte e oito mortes, seiscentos e oitenta e cinco mil, quatrocentos e vinte e oito minutos. Seiscentos e oitenta e cinco mil, quatrocentos e vinte e oito minutos de Silêncio.[1]

O peso da pá de cal.

Desejou asas.
Uma cabeleira o fez reparar na absurda beleza humana.

1: https://github.com/CSSEGISandData/COVID-19, acesso em 20/09/2022.

Vitória deu de cara com a criatura.

— Finalmente te encontro. Te odeio tanto! Por que não levou o vizinho nojento que fica na calçada de casa?
— Fica tranquila, o dia dele vai chegar.
— Mesmo assim não é justo.
— Não vi muita justiça por aqui. A culpa não é minha.
— E de quem é? De Deus?
— Não conheço esse tal, chamam por Ele, nunca o vi.
— Eu também não. Meu avô me dizia que Ele tá até no banheiro.
— Que nada, é um ausente, permite tudo que acontece por aqui. Agora é tempo de perdas, aceite.
— E quando vou escutar a voz do meu avô de novo, me chamando para tomar café e comer bolo de fubá?
— Não sei a resposta.
— Quem sabe?
— Pergunte pro seu Deus.
— Cadê o banheiro?

Sentiu compaixão.

Antes de partir, acreditou que
esqueceria. Tinha memória curta.

A cabeça ardia, o sol ardia.
Olhos saltados das órbitas boiando
em mar aberto.

Naufragou.

Viver doía.

A menina em

q

u

e

d

a

E agora, Vitória?
A flor murchou
O dia apagou.
A vida Dele acabou.
E agora?
Gritou por seu nome.
Ouviu ausências.
Jogou fora o crisântemo amarelo.

SOBRE A AUTORA

Navegando entre o acadêmico e o literário,
a paulistana Edna Alencar Rivera explora a
potência dos breves relatos. Desenha a escrita
como escape da alucinação do presente.
E na palavra, um lampejo de realidade.
Aprecia montanhas e uísque com bichos.

Recentes histórias: *Manuela e seu cachorro: o mais amado do mundo* (2020) e *Viagem ao interior* (2021).

@ednalencarivera

LEIA TAMBÉM, DA AUTORA:

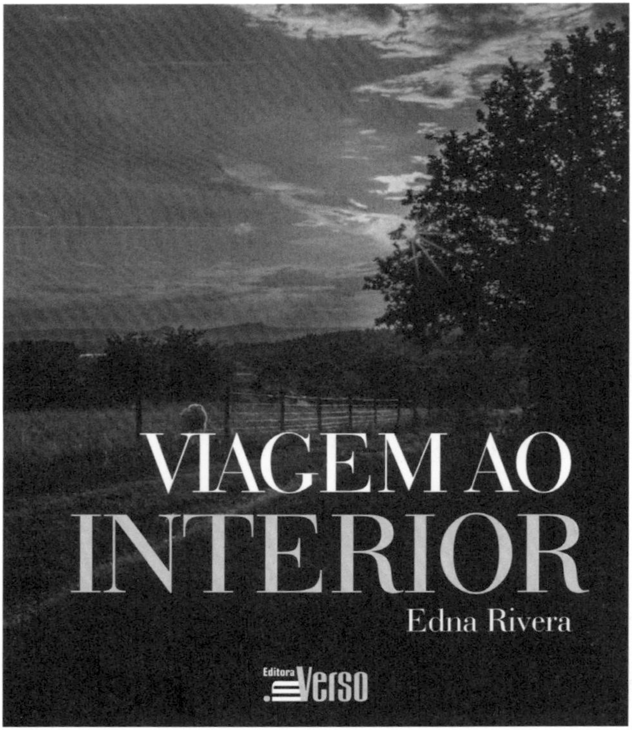

VIAGEM AO INTERIOR

Há dois tipos de fome: aquela em que a barriga ronca, de tirar o sono. E a fome de reticências. Em Viagem ao Interior, acompanhamos os sonhos, desejos e esperanças de personagens cujos caminhos se cruzam em vivências marcadas pela fome e a inquietação. Um conto sobre o encontro de almas envolvidas pelo vazio da miséria e a chama da esperança que não se apaga, mesmo diante da aspereza da vida.